句集

少年たちの四季

西出 真一郎
SHINICHIRO NISHIDE

作品社

句集　少年たちの四季

目次

序文　失われることのない叙情性

千葉一幹

閉ぢをれば霧にぬれゆくまぶたかな

若い男女の別れの時、最後の口づけを交わそうとしている場面だろうか。あるいは、今まさに二人が、初めて唇を重ねようとしている時だろうか。男が、愛する女性に顔を近づけて行く一瞬、男の目に映った、女の閉じられたまぶた。その長い睫毛《まつげ》が霧に濡れ、輝いている。それは別れの悲しみによる、あるいは、初めての口づけへの恐れによる涙かもしれない。

清冽さ、色気を帯びた艶《あで》やかさ、ロマンティシズム、そして叙情性。

本当にすばらしい句だと思う。

これは、西出先生が大学生の頃に詠《よ》まれた句である。新聞の投稿俳句欄に掲載されたもので、選者の山口誓子が激賞したものだそうだ。私は、詩人、作家西出真一郎の原点がここにはあると思っている。

原点といったが、私が西出先生と初めて出会ったのは、私が高校生の頃、今から三十八年も前のこと、先生が四十二歳の年である。だから、この句を詠まれた二十歳の頃の先生を、私は知らない。それでも、二十歳の頃の先生のこの句には、私の知っている西出先生のすべてが込められていると思う。

私は、高校三年間、西出先生の担任されたクラスの生徒であった。また、現代文、古文、漢文つまり国語という科目のすべてを西出先生から三年間教わった。その頃、西出先生は、現在は残念ながら廃刊となってしまった「詩学」という雑誌に詩がしばしば掲載される詩人として活躍しておられた。当時そのことのすごさを私は理解していなかったが、十代後半という人生において最も多感な時期にそういう先生に国語の授業を受け持ってもらったことは、かけがえのない財産になっている。

当時、西出先生はすでに四十歳を過ぎておられたわけだが、二十代かせいぜい三十代前半くらいにしか見えなかった。それは私の主観でなく、クラスメートも同様で、先生が四十過ぎである、ということは、自分たちの親と大して年が違わない、人によっては自分の親の方が年下であるということを知らされた時、大げさなようだが、クラス中に激震が走った。今でも大変お若く、二〇〇八年に刊行された『星明りの村』というエッセイ集の中で、数年前に妹さんとフランスを旅した折、宿泊した民宿のオーナーの奥さんから後に、お姉様とまたいらしてくださいという手紙をもらったというエピソードが紹介されている。

私は、先生と生徒として学校の中で接していただけでなく、当時先生が主催されていた「Le sable」という詩の同人誌の一員に加えて頂いた。二カ月に一回くらいのペースで合評会が開かれ、そこで同人の持ち寄った詩を批評し合うということを行っていた。中学校の先生であった石垣浩昭先生（実は石垣先生は私の中学時代の恩師でもあり、その詩の会で先生にお会いした時、世間の狭さに驚かされたりもした）、後に東大の文学部に進学、現在カルティエやピアジェなどの高級ブランドを傘下にもつリシュモン・ジャパンの副社長になった二之部守と名古屋大学医学部に進学し、現在名古屋で小児科の医院を経営している松浦恩来と私、そして西出先生がその雑誌の主な同人だった。

詩人としての才能は私にはなかったが、この会を通じて私は、ものを書くことの楽しさを知った。後に私が東大の文学部に進学し、比較文学の大学院に行き、文学部の教員になれたのも、そして私が一九九八年に群像新人文学賞（評論）を受賞できたのも、ジャンルは違うが、この会を通じて、ものを書き、それを人に批評してもらうという機会を持てたからだと思う。

そうしたものの書きへの糸口を与えて下さっただけでなく、西出先生には、多くの作家や文学作品との出会いへと導いてもいただいた。アルチュール・ランボーやマラルメ、ヴァレリーの名を知ったのも西出先生を通じてだったし、ル・クレジオの作品を、意味もわからず読んだのもこの会がきっかけだった。太宰治の『津軽』に触れたのも西出先生の御陰だ。

私が文学青年風のことを言えるようになったのは、西出先生の導きがあったからだ。結局それは、親子ほど年の離れた人と接することで、背伸びすること、つまり知的虚栄心を知ったということである。

虚栄心というと悪い意味に取られるかもしれないが、この虚栄心こそ、若い人が知的に成長を遂げる上で最も大切なことの一つだと思う。

文学青年の愛好する作家といえばたとえば太宰治だが、『人間失格』やら『斜陽』で太宰好きになったというとちょっとかっこ悪い。好きな作家はと聞かれると太宰治と学生の頃は答えたものだが、そこで先の二作品は挙げず、太宰治といえば、『津軽』でしょう、などと言ったものだ。そうしたスノビズムが可能になったのは、西出先生の示唆があったからだ。

もちろんそれは、西出先生にスノビズムがあったということではない。二十歳以上年の離れた人と話ができるという経験を通じて、私は知的選良であるという意識、つまりは思い上がりが自然と植え付けられた。その御陰で大学に入ってからも年上の人や大学の先生に比較的物怖じせず接することが可能になったと思う。

太宰といえば『津軽』だと言ったが、『津軽』の良さがわかるようになったのは、実は、三十歳過ぎてからだった。西出先生が『津軽』を太宰の中で好きな作品とされたのも、この作品の最後で太宰＝津島修治の育ての親とも言って良いタケとの再会が描かれているからだと思う。今読んでも、この再会の場面は涙なしには読めないが、この場面があるからこそ、『津軽』が西出先生にとって重要な作品となったのではないか、と思っている。というのも、西出先生の作品において、家族は、とりわけ重要なものであるからだ。この句集の劈頭の章題が「家族」となっているいることからもそれは類推可能だろう。

家族の中でも、西出先生にとってとりわけ大切なのは、お母様だろう。先生のお母様には、確か、大学に入ってから、津市にある先生のご実家にお伺いした際に、一度お目にかかったことがあると思う。とてもお優しそうな方だったとぼんやり記憶している。しかし、単に慈母というだけではなく、芯のある方だったと思う。

たとえば戦時中の話。お母様のお腹には、先生の妹さんがいた。そんな身重のお母様が野道を歩いている最中にグラマン戦闘機の機銃掃射に出くわした。咄嗟《とっさ》の判断で道端の溝に飛び込み難を逃れたそうだ。こうしたエピソードからも先生のお母様は、優しいだけでない、毅然とした勇気のある方だと推察できる。

そうしたお母様をはじめとする家族や友人、知人たちとの少年期の世界が、西出先生の文学の基盤にあると思う。

今回の句集に収められた「海ほほづき母がふふめばすぐに鳴り」、「母とふたり今年の花に会ひにけり」、「合歓《ねむ》の花久しく母に便りせず」、などからも、先生のお母様への思い、ふたりの絆の強さが伝わって来る。お母様を中心にした、先生の少年時代の世界は、懐かしく、美しいだけではない。いじめられた思い出、ちょっとした裏切り、友との別れなど、悲しかったり、心を痛ましめるような事柄も先生の作品では描かれている。しかし、そうした事柄が描かれてあったとしても、辛いこと、悲しいこと、そして楽しいこと、心躍ること、それらすべてを含め、不動の過去として、瞳を閉じればいつでも帰っていくことができる場所として、先生の少年時代の世界は、先生の作品の中で息づいている。そして、その不動の過去は、その後の先生、現在の先生を支える場所としてあるのだと思う。

さよならのとどかねば振る麦わら帽

この句は、夏休み中の友との別れ、あるいはお盆の時、遠くからやってきた年の近い従兄弟《いとこ》との別れの場面を詠んだものだろう。

麦わら帽を振り続けるのは、もちろん、別れを惜しむからだが、同時に、また会えるという思い、半年後か一年後かは分からぬが、再会への期待があるからこそ、振り続けることができるのだ。

これは、少年時代の思い出を描いた句ということになるが、しかしそれは、現在の先生が、かつての自分、今は亡きお母様もお父様も存命でご家族の誰一人欠けることのなかった少年時代の西出先生に、別れを告げている場面とも読めるように思う。つかの間とはいえ、ちょっと眼を閉じるだけで、少年時代へと戻ることができる。だから、麦わら帽は、幼い自分へのしばしの別れ、また会いに来るよ、という合図として振られているのだ。

こんな牽強付会の解釈を加えたのは、西出先生の作品にある、変わらぬリリシズム、叙情性は、そうした不動の過去への思いによるものではないかと思っているからだ。

人は、多くの経験を積む中、少しずつ感受性を摩滅させて年を取っていく。しかし、西出先生の作品に溢れているのは、若い頃に書かれた作品と変わらぬ、みずみずしい感受性である。それは、本当に希有のことだと思う。

ここで冒頭に掲げた句について、もう一度考えてみたい。

閉ぢをれば霧に濡れゆくまぶたかな

若い男女の口づけの場面を詠んだ句だ、と述べた。しかし、この句は、現在の西出先生、八十歳を超えられた西出先生を詠んだ句とも読める。瞳を閉じると、二十歳の頃の自分がいる、そして瞬く間に時が流れ、その時の流れは睫毛についた露として残る。いやそれはかつての自分、そして今は亡き父や母を思って流した涙かもしれない。

二十歳の頃の先生と現在八十歳になられた先生が、六十年の歳月を超えて重なり合う世界（私は、定家の「見渡せば花も紅葉もなかりけり浦の苫屋の秋の夕暮れ」を想起している）。これは、あまりに荒唐無稽な解釈と言われるかもしれない。たしかにそうだろう。しかし、西出先生の作品のすべてがこの句にあると言ったのは、この句にあるリリシズム、叙情性が、現在の先生の作品にも息づいているからだ。

失われることのない叙情性。それこそが、私を含めた、先生の作品の読者を引きつけてやまないものではないだろうか。


（文芸評論家、大東文化大学教授）

Ⅰ　家族

白酒の祖父唱ひだす反戦歌

やや長き端居のごとく祖父逝けり

ゆすらうめ叱られ役はいつも祖母

父の腕めがけて跳ぶや春の川

父が書きし名札を胸に入学す

父の日の父と観にゆくジャン・ギャバン

父の日の父早やばやと寝てしまふ

海の日や父の大きな影の中

松飾るこの門を出て父征けり

父を待つ癖まだぬけずつづれさせ

母の日やおこりんぼうのママを描き

母と娘の長湯菜の花明りかな

母の日の母や一日ジャムを煮て

海ほほづき母がふふめばすぐに鳴り

逝く春やどこへも行かぬ母と猫

母とふたり今年の花に会ひにけり

力泳や母の視界をのがるべく

合歓の花久しく母に便りせず

吾亦紅叱る姉から先に泣き

捕虫網二段ベッドの上は兄

相討ちのさまに昼寝の兄おとと

しんがりはいつも兄なり芒原

片蔭や敗戦投手の兄に蹤き

兄弟で締めあふ紺の祭帯

弟にあづけてきたる兜虫

湯上りの弟がよぎる雛の前

妹にもすこし持たせて爪の糸

掬ひとる赤児初湯をしたたらす

ひとひらの花散るごとく児のくさめ

泣きやめば軽き赤児や桐の花

おしろい花湯上りの子のおとなしき

店頭の西瓜叩いて行く一家

冬瓜につぶされさうな子の眠り

さらふかに子を連れ帰る秋の暮

口ひらく子に吹きさます煮大根

家族みな家にゐる日や石蕗の花

長き夜や家族の数のものの音

寒灯の家路なかばにともりけり

十数へとび出してゆく初湯かな

寒柝のわが家へ強き第一打

Ⅱ　学校

補助輪は外しあすから一年生

保護者席の母に手を振り入学式

校門に犬を残して入学す

入学や父の長めのクラクション

入学や大地といふ子三人も
刈りたての頭なでられ一年生

校塔の時計正して入学式

体ぢゆうの鈴が鳴るなり一年生

かたまつてひよこのやうな一年生
七人の小人のやうな一年生

登校の声の過ぎゆく雪柳

オルガンを鳴らして囃すチューリップ

校門に道のあつまる花水木

遠足に出払つてゐる小学校

遠足が遠足に遇ふ橋なかば

遠足の帰り向ひのホームにも

教壇より海坂見ゆる啄木忌

あぢさゐに指さし入れては登校す

日直の子も帰りたりアマリリス

緑蔭の抱きとめたる一学級

かくもゐて蟻のむくろはつひに見ず

ランドセルの円陣蟻を闘はす

プール出る体内の水かたむけて

木に登り学校見ゆる夏休

校門の鉄扉塗り替へ休暇果つ

休暇果つ傷もつすねをくらべあひ

九々唱へさす白玉の冷ゆるまで

コスモスや先生も来る保健室

峠よりてのひらほどの運動会

湯屋で見る人も来てゐる運動会

山の影はや落ちかかる運動会

じやんけんで負けては柿を盗む役

ゐのこづち着けて外野手もどり来る

立たさるる渡廊下を蟹が這ひ

かくれんぼ見つけてくれぬ秋の暮

日向ぼこ校長室の窓の下

毛糸帽喧嘩に弱い親ゆづり

分け行きて退路断たるる芒原

雪だるま校長室を覗く丈

札幌一北大生の雪だるま

柚子湯して鉄道唱歌熱海まで
宿題のあひだも雪のつもりゆく

太郎から次郎へメール雪つむ夜

雪だるま待たせて午後の授業かな

卒業期登りのこせる樟一樹

卒業や首席は阿修羅似のあいつ

卒業の息子にゆづる洗面台

卒業歌カラーにかくす喉ぼとけ

卒業歌うしろの声のとぎれたる

伴奏の先生が好き卒業歌

頤の剃刀負けや卒業歌

髪はさむ耳くれなゐに卒業歌

卒業式果てて残りし椅子の列

下萌や低目攻めぬき完投す

学校の退けるを待ちて雛納

手紙書く宿題のない春休

Ⅲ　四季

袂抱くことをおぼえて春着の子

教へ子の賀状むかしのままの誤字

土の中の土よろこべる鍬始

読初や若草色の帯はづし

喧嘩独楽とまればすぐに肩を寄せ
霜の夜の自分にうたふ子守歌

外套にかくして君をさらはむか

冬の鬼都に出ては人を喰ひ

人来ればまた初めから炉辺話
炉話のをなごせんせに及びたる

目印のチェロ抱いて待つ雪の駅

海側にチェロを坐らせ冬の旅

つるさるるコートに君のもどらざる
くぼませて水に螺鈿の梅の花

百済から仏の来る日花あしび
三月の水いつせいに樹をのぼる

誰も見に来ざりし雛を納めけり

ラケットの網目に伏せて犬ふぐり

美しき得度のつむり春灯

紅椿雪をかかへて落ちにけり

しんがりは迷子のはじめ春の暮

信号に堰かれて仰ぐ朝桜

草餅を届ける長き堤かな

みすずかる信濃も奥の吾亦紅

しんがりの跳べぬ子を待ち春の川

竣工のビルの肩より春の月

伝令のありしか各駅さくら散る

遠足のごとくランチの新社員

あした咲く薔薇に門灯つけておく

露天風呂ほどの棚田を植ゑてをり

てのひらに蛍をこぼす別れかな

花嫁の車田植機追ひ越せず

一つ家のおぼるるばかり代田掻く

滝の中のぼりつづける岩一つ

蟬と殼たましひいづれに分れたる

轟の真只中を落つる滝

顔失せるまで汗ぬぐふ遅参かな

水搔の生えてくるまで川遊び

もう話すことなくなりし端居かな

休診の先生を連れ夜振かな

ひとところ雲の影置く油まじ
呼び止むるごとく噴水起ち上る

噴水の止みたる空のすぐ乾く

噴水の向うも雨の降りしきる

叱られしごとく噴水止みにけり

逃げ込みて草の中行く蛇の音

運ばるるグラスの音や夏座敷

遺失物のどれかに蟬のゐるらしく

墓洗ふ父似と言はる顔映し

野《や》に下るごとく旅荷の盆帰省

靴提げて鉄橋わたる帰省かな

はじめての海見せにゆく帰省かな

駅長は同級生や盆帰省

川遊びもどれば国の敗れをり

八月の海溝歩いて兵還る

歩きつつもの喰ふ習ひ敗戦忌

ともづなを鼠の走る良夜かな

新涼や文字となるべく滲む墨

眼玉からぶつかつてくる鬼やんま

桃傷む口を利かずにゐる間にも

一抜け二抜けやがて五人の盆踊

枯野ゆく抱へし鯉が身をよぢり

金木犀たしかに一度降りし駅

急行を退避の駅の祭笛

新涼や抱へてぬくき集乳缶

豊年や五反田千代田神田三田

閉ぢをれば霧にぬれゆくまぶたかな

ずぶ濡れになつて出てくる芋畑

コンバイン停まれば群れて稲雀

長き夜の厨の音やそれも止み

長き夜の返し忘れてゐる一書

顔見えぬ人を追ひ越す秋の暮

元どほりたためぬ地図や秋の暮

黄落の中降りてくる硝子拭

永遠のなかばを過ぎし夜長かな

識らぬ子とじやんけん始め七五三

嫁にゆく先も枯野の狐かな

ポケットの中で数へる残る日々

身の内に花ひらきゆく葛湯かな

叱られてゐる間も冷める葛湯かな

冬の夜のつひにもどらぬ一書かな

あけぼのの空を濡らして春の雨

あけぼのの波の色ともさくら貝
あしたまた遊ぶ約束沈丁花

Ⅳ

少年たちの四季

整列の椅子に待たれて新入児

一人だけ跳べぬ子のゐて春の川

遠足の去りて孔雀が羽展ぐ

母の日や母に内緒のことふえて

げんげ田に泳がすごとく放つ犬

田水張り孤島のごとき小学校

蛍呼ぶいつか呼びあひ姉いもと

宿題の笛吹いてゐるハンモック

まひまひのさぐり当てたる渦の芯

少女来る水鉄砲の射程距離

昼寝覚め止まりしままの掛時計

夏座敷本をまたぐを咎められ

少年の鉱石ラジオ鳴る晩夏
ほほづきのかすかに匂ふキスなりし

さよならのとどかねば振る麦わら帽

二百十日教頭先生は屋上に

運動会島真二つに線を引き

図書館の外はまつ暗金木犀

手囲ひのいなごもがかずなりにけり

音立てて障子をのぼる鬼やんま

廻らねば木の実にもどす木の実独楽

つるべ落し猿は裸でうずくまり

雪催ひ本の匂ひの父の部屋

鉄塔に熔接の星クリスマス

なまはげの中の一人は父のはず

返り来ぬ本思ひ出す冬の夜

セーターにあごを埋めて変声期
毛糸帽眉のかくるるまでおろし

先生が嫁さんにゆく春休

卒業式呼ばれて椅子の倒れたる

あとがき　俳句と私

まさか五・七・五の定型で呱呱《ここ》の声をあげたなどとは、思ってもみないが、生まれてまもなく、日本語も理解せぬうちから定型の声音の中で育った。これは私ひとりのことではない。誰しもが通ってきた幼い日の記憶である。

ねんねんころりよ
おころりよ

だの、

行きはよいよい
帰りはこわい
こわいながらも通りゃんせ

だのと、祖母や母たちが歌って聞かせた。それにしても「おころり」とはどういうことなのか。行きがよくて、帰りはどうしてこわいのか、少しものが判りかけてくると、不思議に思うこともあった。

国民学校にあがると、国語の教科書をささげて、

サイタ　サイタ
サクラガサイタ

とか、

ススメ　ススメ
ヘイタイ　ススメ

と教室で一斉に声はりあげて唱えた。文字となった定型との出会いである。

ほしがりません　かつまでは

という標語も身にしみ入るように記憶した。「かつまでは」と言わなくても、ほしいものは山ほどあっても手に入るものは何一つなかった時代の話である。
敗戦は国民学校四年生の夏休み中だった。旧盆で母の実家に行ってぃた。川遊びでどろんこになって帰ってみると、祖父母も両親も、ラジオを囲んで神妙にうなだれていた。教えられなくても、敗《ま》けたのだなとわかった。

川遊びもどれば国の敗れをり

はまさか子どもに作れるわけがない。教職にあったころ、新聞部の生徒に「当時の思い出を」と頼まれた数句のうちの一つである。

高校二年の時の現代国語（当時は国語Ｉ）の宿題だったと思うが、

噴水が自分の高さをさぐりあて

とでっち上げて提出したら、先生がえらくほめてくださった。はじめは、

噴水が噴水の高さで水を吐く

と、いかにも高校生っぽい句を思いついたのだが、提出前にこの形に改めた。「職員室で他の国語の先生がたにも見てもらったが、将来が楽しみな子だと言って下さった先生もあった」とのことである。血気にはやる齢ごろの子をほめるのはむずかしいものである。私はその晩からすっかりその気になって、将来は俳句をやろうと決めてしまった。

自分たちの高校の校歌が山口誓子作詞だということも少々は関係があったかもしれない。私はたぶん母に聞かされたのだろうが、山口誓子という名と、三重県の海辺の町に病気療養の目的で関西から移って来られたということを知っていた。級友が「おれたちの学校の校歌は『やまぐちせいこ』という女の人が作ったのか」と言ったので、「女が作っちゃいけないか」と生意気を言った。

先生にほめてもらえたのがきっかけですっかりのぼせ上がってしまい、大学に入ると仲間を集めて俳句会を始めた。ちょうど寺山修司が売り出しのころで、同年輩の寺山に追いつけ追い越せとばかり誰に言われたせいでもなく意気込んで、毎週一回か二回ほど集まって、大音声で討論した。寺山修司の次はおれだと、口にはしなかったが、ずっと思いつづけていた。

仲間の一人に、最近他界してしまったK君という、見かけも句風もおっとりした俳句のうまいのがいて、あっさり寺山修司の次になった。私は祝福しようと努めたが、どうしても「おめでとう、よかったね」という言葉が出てこず、さっさと俳句を止めてしまった。俳句などというじいさまのやることを、いつまでもやっていられるかと考えて、丸山薫先生の門をたたいて、詩をはじめた。

ちょうどそのころ、寺山修司やK君の快挙とはくらべものにもならないが、

閉ぢをれば霧にぬれゆくまぶたかな

という句ができたので、母も時々投稿している『中部日本新聞』（現、中日新聞）の読者欄に投句してみた。不思議な因縁だと勝手に決め込んでいた山口誓子選で、首席に採っていただいた。そこまではまだうぬぼれていなかったのだが、この作がその年の最優秀作品として表彰された。名古屋市内の新聞社の会議室の表彰式に出た時は、いっぱしの俳人にしてもらえたように思ったりした。

爾来五十年と少々、俳句と詩の二足のわらじを履いて歩きつづけてきた。

教職に就いてからは、仕事の量が多いのと、考えあぐね、処理しなければならぬ案件の多さに流されて、学生のころほどには俳句も詩ものめり込むというほどではなくなってしまった。若く清純な精神の高校生たちと接する楽しさが、俳句や詩をひねくりまわすという楽しみを凌駕してしまったのかもしれない。それでも『四季』、『遠い村』、『家族の風景』と三冊の詩集を上梓した。『家族の風景』は、嶋岡晨先生のお目にとまり、第五回現代ポイエーシス大賞（二〇〇六年度）をいただいた。その勢いに乗ったというのでもないが、朝日新聞社が発刊していた月刊誌『俳句朝日』が、「俳句朝日賞」を公募しているのを見かけ、ものはためしとばかり、応募してみた。それが運よく第九回俳句朝日賞に選ばれて、二〇〇七年六月号の『俳句朝日』に授賞式の写真とともに大きく掲載された。鈴木鷹夫、今瀬剛一、山本洋子の三先生が選考委員だった。

それまでは俳句も詩も投稿したものが一句、二句と出る程度だったのが、「天下の朝日新聞が写真入りで載せてくれた」と言って、父も母も、赤飯を炊かなくてはというよろこびようだった。

この時のタイトルが「少年たちの四季」（三十句）で、本句集の末尾に、雑誌発表時のままの形で載せた。句集の名前も迷うことなく、この時のタイトルを踏襲した。選に入れてくださった三先生のお心に少しでもお応えするという気持があってのことである。

ねんねんころりよ
おころりよ

の乳幼児期から

ほしがりません　かつまでは

の少年期に至るまで、定型の中で育てられたと思っている。定型や季語は安易に受け取ると危険なもので、その二つさえ心得ておけば、何とか俳句になると思ってしまいがちである。俳句の大きな陥穽である。それに気づかず、安易に型にはまった、それらしいものを作っているのではないかときびしく見つめつづけていかなくてはならないと思っている。

どうか一読いただいて忌憚のない御指摘をいただければありがたいと思う。今後も、自分らしい新鮮味のある句を作るべく精進をかさねたいと思っているので、どれほどの励ましになるかと大きな期待を致している。

二〇一五年新秋

西出真一郎

西出真一郎（にしで・しんいちろう）

1935年、三重県生まれ。58年、三重大学教育学部卒業。以後三重県内の高等学校の国語科教諭をつとめ、96年定年退職。爾来、国内とフランスの各地に主として徒歩の旅をつづけている。詩誌「石の詩」（渡辺正也主宰）同人。狩俳句会（鷹羽狩行主宰）会員。

［著書］

第一詩集『四季』（近代文芸社、1991年）

第二詩集『遠い村』（名古屋丸善、1995年）

第三詩集『家族の風景』（思潮社、2006年）

『星明りの村――フランス・ロマネスク聖堂紀行』（作品社、2008年）

『木苺の村――フランス文学迷子散歩』（作品社、2010年）

『ろばのいる村――フランス里山紀行』（作品社、2012年）

『銀幕の村――フランス映画の山里巡り』（作品社、2015年）

［主な受賞歴］

『家族の風景』により第5回現代ポイエーシス賞。2006年。

『少年たちの四季』（30句）により第9回俳句朝日賞。2007年（本書所収）。

句集　少年たちの四季

2016年1月25日初版第1刷印刷
2016年1月30日初版第1刷発行

著　者　西出真一郎
序　文　千葉一幹
発行者　和田肇
発行所　株式会社作品社
〒102-0072東京都千代田区飯田橋2-7-4
TEL.03-3262-9753　FAX.03-3262-9757
http://www.sakuhinsha.com
振替口座00160-3-27183

編集担当　青木誠也
本文組版　前田奈々
装　幀　水崎真奈美（BOTANICA）
カヴァー写真　水崎浩志
印刷・製本　中央精版印刷株式会社

ISBN978-4-86182-565-1 C0092

作品社の本

星明りの村

フランス・ロマネスク聖堂紀行

西出真一郎

ロマネスク聖堂の建つ町・村33箇所を
日本の聖地巡礼になぞらえて経巡り、
壮麗な聖堂の魅力、
そこに生まれいきる人々や
旅行者たちとのあたたかい交歓を描き出す、
詩情溢れるフランス紀行。
［聖堂へのアクセスガイド付］

ISBN978-4-86182-189-9 C0095

教会の前の、道一つ距てた小さな広場に、二度の世界大戦で戦死した兵士たちのモニュメントが建っている。この村から出征していって、帰って来なかった若者たちの名前が没年齢とともに刻まれていた。みんな二十歳前後。彼らはおそらくこの村で生まれ、この教会で洗礼を受けたのであろう。毎年、復活祭やクリスマスのミサには家族とともにお参りに来たはずである。ある年ふいに召集令状が配達され、父や母の接吻を後にこの村を出て行った。

それきりのことである。若かった彼らは、何の物語も残さなかった。もう少し生きていられたら、村の美しい娘と、顔見知りの神父さんのもとで結婚の誓いを述べたろうに。（本文より）

作品社の本

木苺の村

フランス文学迷子散歩

西出真一郎

ロマン・ロラン、
サン＝テグジュペリ、ランボーなど、
文学者の生誕地や作品の舞台となったゆかりの地を訪れ、
彼らを生んだ土地の風土、
そこに暮らす質朴な人びととのふれあいをやさしく綴る、
詩情豊かなフランス文学紀行。
［各地へのアクセスガイド付］

ISBN978-4-86182-287-2 C0095

老婦人の話はまだ続いた。私は口をはさまなかったが、自分の不幸をばねにして、世の人々と連帯する活動にまで拡げていくのは、『魅せられたる魂』のアンネットの生き方と同じだと思った。おそらく、その本も旅の荷に加えてきただろうと思った。ロマン・ロランが創造したアンネットと同じような生涯をたどった女性は、世界中には大勢いるのだろうと考えた。しかし、それも口にしなかった。

ヴェズレーまで運んでくれるタクシーが来た。館長さんは、玄関まで出ていつまでも手を振っていた。一人のすぐれた作家と、その人を生んだ村や、育てたその村人との関係は、決して偶然のことではないとしみじみ感じた二日間だった。（本文より）

作品社の本

ろばのいる村
フランス里山紀行
西出真一郎

ひなびた村に心の慰めとして飼われるろばたちを探して訪ね歩き、
田舎町の美しい自然の情景や、
おだやかな生活を営む人びととの心あたたまる交流をやさしく、
ときにユーモラスに語る、詩情に満ちたフランス紀行。
［各地へのアクセスガイド付］

ISBN978-4-86182-381-7 C0095

「さあ日本の旅のおかた。ろばに乗っていきませんか」とクロードさんは誘ってくれた。クロード坊やのように両手を広げて差し出しはしなかったが、差し出したいほどにうれしかった。乗り手が替わったことをろばは承知していただろうが、日ごろ人を乗せなれているせいか、外国人であろうとフランス人であろうと何ら選り好みするようすも見せず、ぽくぽくと歩き出した。子どものころ乗せてもらったことはあるが、あれから何年経ったことだろうか。学校帰りの子どもたちがかわるがわるろばに乗って歓声を上げていたのが、なるほどと思われてきた。学校帰りではなく、学校を定年退職した私でもこんなに楽しいのだから、彼らが待ちかまえていたようにせがむのはもっともだと合点した。（本文より）

銀幕の村

フランス映画の山里巡り

西出真一郎

田舎町で撮影された映画の舞台を訪ね歩き、
作品を紹介しながら、長閑やかな村の風景、人々との交流、
そして胸に浮かぶ貧しくも心豊かな戦中／戦後の日本の姿を
あたたかい筆致で綴る、詩情に富んだフランス紀行。
［各地へのアクセスガイド付］

ISBN978-4-86182-526-2 C0095

サロンの壁に、若き日の、つまりは詩人時代の黒いマントをはおったランボーの肖像画が掛けてある。シャルルビルのホテルなら、ありそうな装飾だと思った。その絵の下のソファーに、二人の若者が掛けていた。「おじゃまします」と挨拶すると、「どうぞ」と二人して声を合わせるように挨拶を返してくれた。感じのいい若者たちだと思った。（中略）

サロンのおうむがまた、「私はあなたを愛しています」とつぶやいた。部屋に退った二人の若者たちもまた「おれはおまえを愛しているよ」とささやきかわしているのではないかと想像してみた。すると、ふいにランボーとヴェルレーヌのまぼろしが立ち現われて、同じことをささやいているように聞こえた。映画で、二人が愛し合うシーンをくり返し見たせいかもしれない。

（本文より）